알비노 참새

알비노 참새

초판 1쇄 인쇄일 2015년 07월 6일
초판 1쇄 발행일 2015년 07월 10일

지은이 송기생
펴낸이 양옥매
디자인 최원용
교 정 조준경

펴낸곳 도서출판 책과나무
출판등록 제2012-000376
주소 서울특별시 마포구 월드컵북로 44길 37 천지빌딩 3층
대표전화 02.372.1537 **팩스** 02.372.1538
이메일 booknamu2007@naver.com
홈페이지 www.booknamu.com
ISBN 979-11-5776-060-2(03810)

이 도서의 국립중앙도서관 출판시도서목록(CIP)은 서지정보유통지원 시스템 홈페이지(http://seoji.nl.go.kr)와 국가자료공동목록시스템(http://www.nl.go.kr/kolisnet)에서 이용하실 수 있습니다.
(CIP제어번호 : CIP2015018239)

알비노 참새

서천 **송기생** 지음

책나무

머리말

글을 쓴다는 건
혼을 빌리는 일이라
인내하며 가는
머나먼 길이니
어쩌면
대대로 사는 동안
끊임없이
숨을 쉬어야
생존할 수 있는
이유와 똑같다

하나에 하나를
보태며 가다 보면
결국
열이 되지만
거기에 이르기엔

아직 부족하니

닿지 않는 간격을

좁혀 보려

또 썼다 지우고

다시 쓴다

글 쓰는 욕심이

새끼 쳐

욕심을 낳고

다른 욕심을 불러

새로운 출발점이

되기만을

한껏 바라는

심정으로

이 글을 보낸다

2015년 6월

송기생

1부

노랑 계절

2부

알비노 참새

3부

모퉁이 찻집

4부

노송 별곡

5부

무정부 도시

제 1 부

노랑 계절

5월에

오락가락하는
이슬비
촉촉이 맞으며
야생화
가지런히 핀
길가에
열려 버린 봄.

콩기름 밴 우산
곱게 받치고
뒤꿈치를
들썩이며 가면
가랑비가
바지 끝
적시는 날.

어젯밤

구름 사이로

쏟아지던 별은

꽃잎에

굴러떨어져

아직도

계곡에 있는데.

새 꽃잎 따 담아

나누고

남은

빈 소쿠리

봄 향기로

가득 채워

사방에 뿌린 5월.

가을비

여덟 톤 트럭은
이중창을
흔들며 지나고
하릴없는
가을비는
그 위에 내린다.

창 너머에는
색 바랜 산
가까운 함석지붕
낯익은
세 가닥 전깃줄
음악이 흐르면

아스팔트에
누워 버린 은행잎
마지막

가는 날인데
그 가을도
거기에 눕는다.

신문에 그려진
커브는
밑을 향해
치닫고
가난에 지친
출납부를 펼치면

드물게
찢어지는 하늘
비는 아직도
주룩주룩 오고
중노미*는
오지 않았다.

*중노미: 음식점이나 여관 등에서 허드렛일을 하는 남자

겨울 공화국

눈꽃 필 자리
불꽃 피면
가지 못하니
하얗게 스러지리.

화사한 듯한
어제 꽃은
시들어 가고
색은 바래는데.

피다 만 꽃이
남 탓하리
흔적 감추고
동면에 들었지.

차가운 중천
헤매다

흰 잠 드는가

아! 겨울 공화국.

꽃비

깨알처럼
송이송이 핀
야생화가
그리 아름다운데.

무르익은 꽃 소식
아직 없으니
겨울이
길을 잃었나 보다.

볶은 원두커피
향을 다
다 쏟아 내
몸져누운 날에.

삶이 아직도
꽉 차지 못해

그림 책도
다 보지 못한 날.

미끄러지듯이
닫힌 시간
고르게
꽃비 내리고 있다.

노랑 계절

노랑 잎이
못 참아
팔랑이고 있다.

이 바람이
자는 골목
돌담길 돌면.

긴 여름을
벌써
벗어던지고

가난한 이
또다시
울리는 계절.

다음은
기약 않으니
탓하지 말게.

노랑 계절
노랑 잎
계절 탓이니.

도봉으로 간다

숨이 가빠지는
낙엽 길에
쌓여 있는 겨울.

색색으로 꾸며
들고 나고
그리 산이 된다.

풍경은 울다
지치면
낙엽이 되지만.

늙은 화가는
이제야
떠난 벗이 된다.

갈 사람 가니
소슬하게
가라앉는 정적.

깊이를 다한
스산한
바람 소리뿐.

아! 앞질러
도봉에
도착한 어둠.

삭막한 뒷길
언뜻언뜻
새 날이 보인다.

동백

고창엔
오그린
철이
가고 있는데

날 새는
겨울
한 철
붉게만 살아

홀로서
겹으로 피우고
또
떨구고는

피어 한 달
가지

밑
달포 나머지

서러워
기다리면
땅이
붉었소.

봄날

올봄은
제 알아 와 놓고
갈 날짜는
짐짓
모른 체하네.

오는 듯
늘 알 수 없는 이
잠시 가듯
홀로
먼 길 가지만.

남겨진
서러움 잊으려
다독이던
그 길
이골 났구나.

그리워
눈물 많은 계절
붙잡아도
갈 길
떠날 뿐인데.

연민의
향기가 붙잡는
그 날에도
두고
가실 임이여.

일찍이
떠나기 전에
붙잡지도
못한
눈물 많은 날.

서리

서리가 내린 날
휑한 들판에
구형 이발 가위
거칠게 지나간
듬성듬성한
가을 마름자리.

우묵 배미 논에도
바람 따라
날아든 비수가
잔칫집 떡시루
백설기처럼
눈부시게 피었다.

세 줄 키순으로
박제된 듯이
마른 갈잎 위에

하염없이 뒤척이다
가지런히 핀
빛 고운 조각.

두드려진 명주 베
억장 무너진
과부의 한숨
시어머니 눈매에
피어나는
손끝 매운 서리.

유리창

정월 초 엿새
오후
카페 유리창엔
얼음 빗물이
기름 먹은
유리창 타고
미끄러져 내린다.

엊저녁 남겨 둔
추운
자투리 한쪽
굳게 닫힌 은행문
마른 용달차는
부세
몇 마리 꺼냈다.

고개 들어도
이미
낮아진 하늘
날개 속 솜털이
품 안에서
유달리
부드러운 날인데.

서너 겹으로
차곡차곡
무광택으로 눌러
복사한
유리창 하늘
바람만이 거리를
내몰고 있다.

입동

잎 진 계절이
빼근하게
지는구나.

축축해진
주모 행주치마
속절없이
흘러 내리듯
그렇게
자꾸 흐르는구나.

낡은 벤치
쇠못 빠진 자리에서
찻잔을
내려놓으면
기다린 듯
주술이 시작되고.

아직도
기다리던 사람은
기다리라지.

추적이는
빗소리가
너무 추우니
갈 사람은
이제
그냥 가시구려.

속 쓰린 새벽도
이 참에선
한숨을 쉬며
이제
다시 못 올 이별을
노래하리라.

창밖의 목련

창 유리
한 칸
번듯한
네모 자리
목련이 피고
지더니
새순이 돋네.

한아름
피었던
초봄에도
잎 없던 가지
속셈 두고
그리
피워댔는가

하얀 꽃

멍 들여

그리

물들여 놓고

햇살도

그냥

지나친 자리

제 2 부

알비노 참새

가창오리

애당초에
내 죄를 모르니
누가 알려 주오.

어리석게 태어나
산 게 죄라면
나는 무죄인데.

그런 설움에
숨어 우니
억장이 무너지오.

어둠 속 끼니에
섭섭한 세월인데
그것도 팔자라.

해 뜨는 날도
남쪽 나라는
너무나 멀었소.

혼자 외로우니
우아한 세상은
부질없는 꿈.

처자식 굶긴
지아비처럼
무기력한 세상.

갈대처럼
흔들거리다
깃만 두고 가오.

각시붕어

물속 집에
대를
이어 살아도
언제나
갈증에 시달려

불치병에
목마르던
몹쓸 날
어디
하루 이틀이야.

오가며 본
헛것들이
울고 있다
모두가
떠나던 날에.

떠날 생각만

있어도

이처럼

숨어

지내진 않으리.

외면해도

그냥 벽

감지 못하는

눈이

각시 운명이다.

구절초

노랗게 병든
잎새를
어련히
삭여 두고
서린 듯
아홉 절기를
마디 마디에
피워 내어.

구월 구일
아이 없어
날마다
설레던 마님
창백해진
병색 돋는
얼굴로
대를 이으려.

짧은 햇살
사그라질
서릿발에
시리고
서운해도
손이 귀하니
그리 쉽게
잊지도 못해.

궁자리* 밭

보리 물결이
부드럽게
밀리며
흩어지고 모이고
지피는가
싶더니만
다시 밀려 간다.
궁자리 밭에
흰 나비는
낮술에 취한 듯
향기를 거슬러
오르는데
언제 피었는지
임 그리워 핀 꽃을
어찌 말리오.
모두 다
피었는데

무엇을

어찌 말리오.

천지가 민낯인

새 생명을

어찌 말리오.

움직이지

않는 듯해도

이미

움직이고 있는

무르익은

봄날에 말이오.

*궁자리: 백합의 경상도 사투리

나무와 여백

들판 가운데
덩그러니
커다란 나무 하나.

그냥 있으니
여백은 살고
배경이 죽는구나.

있으나 마나.
모르는 듯
시치미 떼고서.

한낮을 버티더니
밤 되니
다 버리고 있다.

나무도 여백도
모질게
다 버리고 있다.

이제 남은 건
여백 아닌
까만 밤뿐이다.

담쟁이

벽돌담 틈새
비집고
올라왔을 뿐인데
그냥 무심코
올라
왔을 뿐인데.

색칠한 하늘
노랑 나비는
자꾸자꾸
옮겨 다니며
기운 내라
이른다.

숨어 살고픈
속살 보인 듯
얼굴만

발그레해져

숨고

싶을 뿐인데.

하늘 보기

쑥스러워

고개 숙여도

잡히는 건

또다시

허공뿐이네.

바다가 눕다

허연 배 드러내고
중병에 걸린
행려병자처럼
바다가 누워 있다

치매 노인의
잊혀진 기억처럼
차츰 그렇게
늙어 가던 바다

주름 진 바다는
끝을 모르지
가늠으로는
거기 있었는데.

허물 많은 배는
이미 떠나고

마지막으로
부서지는 파도.

깎아지른 절벽
그 모래밭에
벌렁 누워 있다
바다가 누워 있다

가려는 길도
돌아갈 길도
지평선에 숨어
흔적도 없는데

거칠어진 파도
멀미가 일어
하얗게 드러난
바다가 누워 있다

백목련

이슬에 해 오른
열 시쯤에
금가루로
꽃술을 붙여야지.

가지마다
빼놓지 않고
꽃잎이 피어나도
차분하게.

창살에 빛도
모두 건져
세밀하게
무늬도 그려야지.

다시 보고픈
꽃잎 남기고

나머진
포기해 버렸어.

구름 같은 흰 꽃
향기 오르면
그간 닫았던
커튼을 열어야지.

별을 세다

저녁
달맞이 피니
별이
수군거린다.

어두운
하늘에 대고
빗질해
떨어뜨린 별.

담아 놀
시간 이르니
미리
별만 세는데

소슬바람
우수수

불어

별을 감추네.

별자리

그대로
고인 듯이
움직임 없는
별 무리.

오월 밤
순서대로
하나씩
줄 세우면

빈자리에
바보처럼
해맑은
북두칠성.

숨은 별은
밀려나

또다시
바보 되고.

새벽 되니
꿈자리
서운한
큰곰자리.

작은 곰
불러
일으켜
길을 나서지.

신우대

춘백은
아직 깨지 못해
작년 꿈에 있는데
산사 길
신우대만
바람 따라가다
건들거리고.

바랜 듯
날리며 한 되었나
굽은 길 모퉁이
소리 없이
지나려 해도
바람 소리 다시
사각거리지.

귀 터진
하늘 밭 흰 양 떼가
뭉친 듯 풀리며
목장 길
헤집어 보더니
물고기 줄비늘을
만들며 가네.

아까 간
바람길 끄트머리
어딘가 쉴 테니
들뜬 신우대
재워 두고
짐짓 뒤척이듯
섞여 갈까나.

씀바귀

씀바귀 꽃이
논두렁에
넉넉히 피었는데
햇빛만
촘촘히 설 뿐
동무가 없어.

올려보는 꽃은
하얗게
웃음 짓는데
내려보는 나는
너무
줄 게 없다네.

논길 따라
바람이 가며
꽃잎 건드려 보나

얽힌 뿌리는

아예

볼 수가 없어.

애써 피기도 전에

천지간을

지레 짐작하고는

꽃대 올려

하얀 꽃에

하늘을 담네.

알비노* 참새

참새가 앉았소
한 마리
두 마리
또 세 마리.

색 바랜
하얀 참새도
끼어서
따라 앉았소.

구름 속을
한 바퀴
무심하게 날고
앉았소.

무거워진 짐
시끄러운

공항 길
타일 바닥에.

미끄러질까
조심
조바심
그리고 또 조심.

비행기 날면
가슴은
콩 튀듯
새 가슴이 되고.

친한 벗
내일 잃을까
알비노라
왕따 될까.

앞길도

헤아리지

못하니

근심만 가득해

날아도

내려앉아도

같은 걸

또 날아오르오.

*알비노: 선천성 색소 결핍증

고향 길

신작로로
버스 타러 가는
오솔길
울퉁불퉁
좁다란 황토 길.

풀 속 산딸기
아카시아 향기
길가엔
민들레, 씀바귀
오이풀…….

아침에 피어서
그런지
꽃이, 이슬이
색색으로
참 아름답다.

자작나무 숲

자작나무
숲에선
숨쉬기가
참 편하다.

죽어 있는 듯
속으로만
하얗게 타 버린
백탄이기에.

뜨거움으로
지새워도
새로운 날이라
편하다.

자작나무
숲에선

마음이
참 편하다.

죽어 있는 듯
살아 있는
하얀
백탄이기에.

자작나무
숲에선
숨쉬기가
참 편하다.

장미의 정원

장미꽃 송이
하나조차
피우지 않던
너무나도 완벽한
붉은 정원이
드디어
한 송이 장미꽃을
피워 올렸다.

새벽 해돋이
보는 날
종일 머리 속엔
붉은 꽃잎이
날리며
저녁까지
서성거리던
붉은 대문 집

햇빛 골고루
내린 하루
바람도 간간한
의미 깊은 날
붉은 꽃잎
골라
하나씩 떼어
실려 보냈다.

색 바랜
담을 끼고
파란 녹 대문에
붉은 장미가
찍힌 날
또다시
천 리 길을
서성거린다.

채석강

지평선 닿은 곳
시끌시끌한
파도를
담아내는
흰 돛대를 보며

번뇌의 바다를
열린
앞섶으로
달래는데도
개의치 않는다.

해풍 맞은 바위
겹겹이
쌓인 책장
또다시
달라지는 자화상.

태고는 이곳을
지나치고
친구도
거쳐 흐른
망망대해의 허무.

부서진 대지는
천 년을
흘러내린
세월이자
생명의 시작이다.

반도의 끝을 가르는
색깔 고운
봄빛이
힘껏 딛고
서 있는 그날.

풍란

꽃잎 두어 개
들러리로
놓아 두고
어린
새잎은
따로 두고는

하루에 몇 번
바람 시간
맞추어
고개를
내밀다
꽃대 올렸소.

누가 볼까 봐
행여나
바위 틈에

숨 죽여
가며
기다렸는데

비바람 잔 뒤
소식
물어봐도
내 향기
떠난 곳
아무도 몰라.

뱃길도 먼데
어디로
흘러갔나
꿈길에
물었는데
대답도 없네.

해변 촌

낙조는 하늘에
있는데
늘어 붙는 바다
갈매기는
잠자러 떠났다.

다시 해변 촌에
돌아온 밤
구부린 가로등이
달이 되어
등불을 센다.

욕망이 파도처럼
밀려오고
하나, 둘, 셋, 넷
밤도
깜박 잠들었나.

조급증 난 파도가

아침을

깨워 보지만

어설픈 해는

아직 뜨지 않았다.

제3부

모퉁이 찻집

그리운 날

긴 하루가
끝을 보이니
고추 선
탱자나무에
새는 날지 않아

바람 잦던
어제도
부끄러운
해란초는
연지를 바르고

아지랑이
짙은 날
열에 들떠
새벽 참에
깊은 잠 들었지.

하루하루

몸살 치르며

오색실로

무늬 뜬

그리운 날들.

그 사람

살아갈 수만
있다면
살아는 보아야지.

이유는 모르니
가볍게
묻지는 마시게나.

만리 빗길을
걸어도
고개 드는 의문.

어차피 녹슬어
부서질
수레바퀴 같은데.

무심도
깊은 병이던가
어찌 그리…….

홀연히 왔다가
가 버린
알 수 없는 사람.

내 이름은 없다

허기진 그리움을

움켜쥐고

홀쭉한 그림자가

질 때까지

죽은 듯

엎드려 있어도,

사팔뜨기 눈처럼

흔들리고

있어도 좋다.

기댈 곳도 없는

황야에 있으나

샘물 곁에 있으나

갈증은

마찬가진데

숨을 헐떡이며

쉰 목소리로

소리쳐 불러 본 들
더 이상
무엇을 기대하리.

결국
허공을 맴돌다
맴돌다가
흩어져 갈 이름
어디서 왔다
가는지도 모르는
그 이름
내 이름은 없다.
그 어디에도 없다.

누군가 올 것 같아

굵은 비가
풀꽃처럼 튀던 날.

물길 따라
종이 우산 들고
쉴 곳도 없는
들판

헤매어 보아도
오—
마지않는 날인가
세상이 운다.

혼자 웅얼거린
노래는
빗소리를 맴돌며
떠나지 않으니

그 노래는
언제가 끝인가?

떠돌아다녀도
하늘거리는
갈증에
병든 몸인데.

언제이던가
꽃 무늬
비단 옷 꺼내어
속 비친
명주로 받쳐 입고.

열린 듯
문살을 밀면
비처럼

날리는 찔레꽃

그 사이로

누군가 올 것 같아.

돌아가는 배

이제 나 보고는
아무것도 묻지 마시게.
더도 덜도 없이
흘러가니
그저 사는 날이라
서글픈 계절에
죄 많은 친구들은
울지도 못하오.
회주(回舟)
나대로 살면 됐지
그 이상 바라 보아도
무슨 필요가 있소.
오랜 친구 있어
더 바라지도 않았는데
하루해로는
오랜 벗을 둘 수 없으니
이제는

어찌 해야 하오!
모진 사람이여!
먼저 가지 말라 당부도
안 했으니
돌이킬 수 없는 후회
이 깊은 아픔을
어이 하리.

간 배는 오고
온 배는 간다 했으니
스친 듯이
볼 수 있어도 좋으련만
거기에 또 다른
이별이 있어
참으로 야속하구나.
이제
모든 것 내려놓으니

평안하시게.

모질다.

인연이 모질다.

밤이 참 길겠구나!

막사발

여름비가
추적거리는
무허가 술집에서
낯익은
잔을 나눈다.

구운 파전에
막사발로
꼬막 껍데기가
산처럼 실려 가도
아직인데.

아무런 말없이
떠난 친구는
빈 그대로
우두커니
막사발이 되었다.

이젠 연습 없이

갈 시간

열린 문 뒤로

흑막이

천지를 닫는다.

명성산

억새 꽃들이
넋 놓고 울다
문득 잊은 듯
피고 지더니.

그리운 마음
병들었어도
햇살이 웃고
그냥 갑니다.

희끗희끗한
잔등 바람에
회색 머리칼
날려 보내고.

모진 세상에
가슴 아파도

서러운 삶만
잊고 갑니다.

모퉁이 찻집

그림자 길어지니
느린 듯이
앉았던 의자를
내어 드리렵니다.

이 찻잔 비우면
떠나려는데
손짓해 가라시니.

스쳐간 인연이라
그리한대도
지난한 삶에
서운치 않습니다.

내버린 꽃잎이
지천에 널린
붉은 황토 길에서.

차마 마음 두곤
갈 줄 모르고
아쉬움에 자꾸
서성거려 보았지요.

행여 그토록
기다리던 님
웃으며 올지 몰라.

긴 세월 내내
두근거림에
기다린 날은
해맑은 아이지요.

바람이려오

바람처럼 왔다가
갈 사람이여!
온 곳을 모르니
가는 곳도 몰라라.

꿈같은 날은
아름다워서
어리석은
속내 모르겠더라.

바람처럼 왔다가
바람처럼
갈 사람이여!

사랑하는 마음도
미움도 두고
미리내로

떠나는 사람이여!

날 저문 간이역
바람 길에
낙엽만
우르르 밀려간다.

어차피 가야 할
길이라면
가는 길 모르는
바람이고 싶다.

그냥
앞서 가는
바람이고 싶다.

비워 둔 자리

목로주점에서
아까부터
친한 벗을
기다리고 있네요.

곧 온다던
옛 친구는
오지 않아
비어 있는 자리

자꾸만
돌아보아도
옆 자리는
빈 그대로네요.

흔들거리는
호프 집도

옆 자리는
비어 있네요.

지각한 시계
거기 맞춰
오늘도
늦는지 몰라.

그런 연유로
옆 자리는
늘
비워 두었지요.

허전한
적막이라
웃음소리가
듣고 싶네요.

어차피
기다리다
못다 한
이야기들

이젠
할 수 있으니
아직도
기다리네요.

오목눈이 정원

한 마리도 아닌
한 식구
또 한 식구
얼굴 다른 식구.

가시도 많은
좁디 좁은
정원이
뭐가 대단한지

큰 욕심을
다독여
분수 맞게
좁혀 사느니.

앞집 보이는
좁은 정원
푸른 하늘이
좋기만 하다네.

상사병

풀잎이
부드러운 바람에
따라 눕고
그리고
그리움이 흐른다.

한적한
폐 선착장
파도가
지나가니
뼈만 남은 바위

하루치
지극 정성이
머무는
지평선
그 끝을 달린다.

철새가
한달음에
달려온 먼 길
더도 없이
철썩이는 파도.

낯익은
하늘 길
남색 마음
풀잎 누우니
그 곁에 눕는다.

소꿉친구

희미하게
멀리 떨어진
곡선은
회색이 되고
오두막 연못엔
꽃 필 때가
멀었나 보다.

갈대 속에 숨어
강아지처럼
쏘다니면
미끌미끌한
고무신
삼베적삼이
넉넉히 젖었다.

하기야
꼭 이맘때쯤
물장구 치던
시냇가
그 디딤돌 선한
지금은
늘그막이 되고

소꿉친구는
소담한
회색 머리
참빗에
손질하고
들뜬 나를
기다리고 있다.

솔바람

가슴으로만 살다
살다가
오차도 없이
균일하게
산산이 부서져
훨훨
날리고 싶다.

초라해진 해를 믿고
생명을 길러
가르마 난 길에
젖은 풀씨를
몇 떨구고
덧없이
왔다 가련다.

천지간에

외롭고도 외롭고

더더욱

뼈까지 시린

한 설고 낯선

이 땅에

홀로 살았네.

정들라 치면

떠나는 길손

긴 한숨 소리에

서리가 피네

솔 사이로

바람 소리만

남기고 가네.

실락원

잃어버린 것이
무엇인지
알 수가 없어도.

마음 비웠으니
정을 거둬
이별을 해야지.

구름 낀 새벽
짐은 이미
보내 버렸으니.

낮술 취했는지
지금 시간
알 필요 없다네.

귀퉁이 부서져
접힌 채로

누워 있던 그림.

균열 가지런한
유리판 위
반짝이는 호수.

수십 가지 과일
매달리던
에덴 정원에서.

칠 벗겨진 액자
부푼 종이
벌거벗은 아이

잃어버린 것이
무엇인지
알 수도 없지만.

울고 있다

사내가 울고 있다.
굵은
눈물을 뿌리며
울고 있다.

초저녁
비마저 내리는데
이미
미워진 거리.

보고 싶지 않는 사람
비워진
마음이 서러워
울고 있다.

여인은
이미 떠나고

빈껍데기
사내가 울고 있다.

반백 머리가
가슴을 뜯으며
서럽게
울고만 있다.

차 한 잔

한 잔의 차를 놓고
생각 없이
물끄러미 보면
아이처럼
어린 천사가 되네.

녹색이 그리 좋고
유리잔이
해처럼
따스해지며
세상도 밝아지고.

한 잔의 차를 놓고
보잘것
하나 없는
속을 보이면
보다 나은 편안함.

오늘 하루보다
새롭고
즐거운 하루
새로운
내일을 꿈꾸리.

마음이 밝으니
이미
덮어 버린
화첩마저
다시 보고 싶어.

나름대로 정해진
갈피를
열어 보고는
다시금
옛날로 돌아가리.

한 잔의 차를 놓고

식기 전에

그 시절

무등 타던 곳

나 다시 돌아가리.

섬

궂은 비 내려
어선도
미끄러진
포구에
깃발 내리고

가식도 체면도
이미
벗어 던졌소.

간간한 풍경
부담 없이
헤픈 섬.

섬만이
갈 곳 몰라
머물고 있다.

천국의 아이들

하늘과 땅에
보이는 것
모두
색칠해 가며
한 칸이 남으면
꽃가루
살살
날려야겠다.

네가 좋아하는
수박 색은
조금
진한 것으로
물방울 옷은
빨랫줄에
걸어
색을 입힌다.

나무도 심고

돌도 놓고

물도

흘러가야지

수초에 노는

비단잉어

물길에

헤엄치라 하고.

노랑 나비 나는

들판을

풀꽃으로

가득 채우면

색동 옷

아이들이

재잘대며

장난을 친다.

첫사랑

그대
부드러운 손
가만 부여잡고
그윽한 눈을
올려
보고 싶었지.

너무나
수줍어서
곁눈으로 보다
관심 없는 듯
다른 곳
보았었네.

겨우
용기 내어
창백한 얼굴로

가슴 졸이며
말하려
하는데.

결정적
순간에서
말도 못하고
마지막 순간
그냥
돌아섰지.

다시금
연습할까
가슴 뛰던 날
세월 흐르면
잊을 줄
알았더니.

킬리만자로

해 저문 거리
네온이 삼킨
하늘 빌딩
창가를 등지고
찾아 헤매던 향기.

킬리만자로는
어깨를 지나
하얀 목을
비키듯이
한강이 흐르면

붉은 샹들리에
잔에 빠져
허수를 세며
반짝이면
커피 향도 흘러.

다정한 하얀 이
부드러운
미소로
다가오는
뜨거운 가슴.

창가에 머무르는
애인 같은
그림자
코끝 스치는
붉은 노을 향기.

타인의 고향

옛길에
버스 내리면
덕지덕지
단청 삭은 자리.

열려 있은 지
오랜 대문
빈집 마당
잡초만 가득해.

흘러내린
빗물이
대충 그린
알 수 없는 그림.

바람 문에서
짓눌러 온

무게를
재 보려 한다.

마른 나무에
바람 소리뿐
세상은
아무 말도 없다.

제 4 부

노송 별곡

가슴앓이

벌써
몇 년째 하고 있는
속 쓰림이다.

늘
허공만 맴도는
이상한
나라.

시선 머무는 곳은
모두
황무지인데
값어치 없는 하루는
그냥 그대로
흔적 없이
사라져 간다.

어제는
돌아오지 못할
억센 날인데
주름이 깊을수록
늦은 걸음만
탓하니
마음이
무척 아프다.

병들다 보니
몸만
천 근이 넘는데
뒤틀리는
속 쓰림이
다시
시작되나 보다.

꺼병이*

오랜 친구
만나러 가는
열두 층 아파트
빈 복도
덜그럭 열리던
엘리베이터.

그 문이
닫힐 때까지
서 있던
아쉬운 나이
꺼병이는
폐암 말기였다.

준비된 이별
마음이 성할까
삶이 무어요

물었다면

나만

모른다 할 텐데.

가는 길도

구태여 묻지 않고

섭섭한

눈망울로

총총히

떠나던 꺼병이.

*꺼병이: 꿩의 어린 새끼

노송 별곡

일어나려면
눌리고
누우면 누르고
숨이 다할 것 같아
이제
돌아눕는다.

또다시
얼마 지났을까
성애 낀
유리창 그림자
서리 핀
노송 한 그루.

가지 사이엔
외롭고
가슴 서늘한

달빛
적막 세상
어디로 갈 거나.

다비식

성황당 고목
백팔로 쪼개
정한 며칠만
태워 볼까나.

불꽃이 다한
생명을 태워
한 줌의 재로
날려 갈 거나.

초라한 며칠
타 버린 무대
모두 다 버린
삶을 보았지.

무구한 창공
도움 없어도

육신을 태워

극락에 간다.

박제

아는 것이
모름만 못하니
갈 사람은
제 길 가라 하고
날 새는 달은
이 밤 비춰
그대로 있게 하소서.

무한 세상
가로 질러 반쪽
죽음을
곁에다 두고
이별 연습 중인
이 슬픔은
깊이도 알 수 없어.

곁에 있어
위로받을
신을 모신 지
오래 되었는데
그 말이
진정이었는지
아직 모르고 있지.

산 그대로
가공되며
바뀌어진 운명
숨쉴 틈
조금 여유 두고
나머진 모두
박제해 버렸다네.

부고란

수취인 없는
부고란
해 뜨는 아침
새 이름이
올랐다
해가 지면
사라지는데

어느 날엔
놀랄 만한
사람이
세상 버리고
숨만 쉬던
병자도
따라가더라.

돈대로
안 되는 세상
살면서
폐지에 찍힌
양심 없는
이름을
어찌 할까나.

거품 된
귀하신 분도
부대껴
따르더니
이승은
결국
허상뿐인가?

상감마마

중전의
고운 얼굴이
구름 비에 끌려
흩어지며
웃음이 멎고.

밤 초입
청사초롱은
대궐 창 밝히다
삼각산에
어른거리네.

연 있어
잊지 못하니
늘 간직할 팔자
돌고 돌아
또 만나련만.

신 내린
무당 춤사위
한바탕 신명 내
지노귀굿*
돋워 볼까나.

궁 안채
익선관 깊이
탓하다
용포에 눌려
여윈 잠 들지.

*지노귀굿: 죽은 이의 넋을 위로하고 극락으로 인도하는 굿

어둠 속으로

밤 되어
어둠이 내리면
그 어둠 속
깊은 곳으로
따라
들어간다.

가로수는
검은 그림을
뱉어 내고
길가에 늘어선
집은 모두
불을 꺼 버렸다.

멀리에서
한 줄기 빛이
보이는가

싶더니
이내
사라지고 없다.

다시
어둠 속으로
천천히
가는 것만
삶을 속이지 않는
진실이다.

어둠 속에서
나왔으니
어차피
다시
가야 할
어둠 속이다.

잉여 인간

종은 울리고
연극은
이미 끝났다.
많은 불빛도
요정처럼
흔적만 남았다.

무릎을 꿇은
미래는
후회뿐이지.
더는 신에게
필요한
것도 없지만

믿지 못 하네
아프니
소슬바람이

불어도

가슴이

아파서 운다.

조금 더

부서진들

대수랴

바늘 바람이

끝을 파듯

아픈 세상.

작은 왕국

작은 몸

아무것도

도움

되지 않는

잉여 인간.

자폐증

네가 하는 이야기
이제
더 이상은
듣지 않으려 한다.

수십 번
들어왔을
이야기인데
잊은 듯한 것은
말도 안 된다.

꾸짖듯이
더는
할 이야기도 없다.

닫아 건
그대 마음이나

나나
그렇게 사는 거다.

너나 나나
다 알고 있는 일
아무리
두드려 보아도
열지 않으리.

절대
그대 앞에
열리지 않으리.

좌절

이순을
넘었으니
참 오래되었구나.
이 고통이.

그간에도
천지를 떠도니
긴 세월
무심하구나.

냉이 꽃을
보아도
알아보지 못한
맥 없는 산하.

오지에 숨어
살아도

이리
작을 리 없는데

무너지는
무덤은
미리 보아
무엇 하리.

소리 없이
왔다가
떠나는 삶
그런 인생살이.

뜻을 가슴에
품으면
무엇 하리.
꿈이었나 보다.

깨어나면

잊어버리는

허망한

꿈이었나 보다.

·

무허가 집

허술한 지붕
순대 집 옆에
무허가
막걸리 집은
아까부터 존다.

안주로 내놓던
배추김치는
젓국이
낮빛처럼
붉어만 가는데.

비워진 탁자는
비어진 하루
오지 그릇에
삶은 콩마저
마르는 날이다.

질문

폭포에
물방울처럼
번뇌가
흩어질 때
훔쳐보고 있는
신이여!

먼지만
날리는 땅에서
소금기로
터진 입술을
어찌
외면합니까?

천국에서는
꽃 피니
열매를 맺고

새 우는
봄날이라
그러는 것입니까?

타는 갈증으로
영혼의
샘을 찾아도
절망이니
도대체
어찌해야
하는 것입니까?

제 5 부

무정부 도시

극한에 남다

생각도 없이
이곳저곳
기웃거려 보아도
마찬가지네.

무엇을 할지
그냥 그저
살면 되는 건데
왜 그런지.

앞사람도
나 같을까?
뒷사람도 역시
나 같을까?

하릴없는
따라쟁이

그냥 따라 가고
따라 선다.

이건 아니지
이것도 아니지
도대체
왜 남은 거야.

이유를 물어도
대답 없는
거울 속
극한에 남는다.

달

세상 반을
알 듯 해도
알 수 없는 날
무심히
달을 보고 있다.

지리하던
배냇병신
흥얼거린 소리
소아병을
앓고 난 흔적.

흘러 내린
탁한 물방울
멋대로 큰
구레나룻만큼
거칠어진 날.

얼룩 백로지
꼬깃꼬깃
비틀어 쥐듯
철저하게
부셔 버린 꿈.

세상 반을
알 듯해도
알 수 없는 날
찌그러진
달을 보고 있다.

로또 인생

매주 토요일이면
신사임당
얼굴이 근심스럽다.
오천 투자하면
부가가치 최하 20만 배,
투기 자금은
늘 허공에 부서지고
조각 나는 꿈,
그 꿈도
내려앉을 곳 없어
늘 허공을
떠돌고 있다.
셀 수도 없는
좌절에
낭비 심한 친구는
다만
토요일 밤만은

무척 행복했단다.

당첨 확률

8,145,060분의 1에

부질없는 희망

걸어 보는

가난한 민낯.

벌건 대낮에

벼락 맞는 것보다도

어렵다는

낮은 확률이

바로

얼음 같은 현실.

돈 방석에 앉을

꿈꾸는

남루한 차림새

모두는

산 채 벼락을 맞으려는

대추나무처럼

죽음 너머

타들어가고 있는

인생이다.

실날 같은 희망에

로또 인생

그것도

또 하나의

다른 인생이다.

비움

오고 감은
그리
했을지라도
오갈 것
없는 미물은
그냥
허공에
떠 있는 것이니
다
채워질 수 없는
공간.

생전에
비우지 못했으니
비움 아니리.

산도
바람도
새소리로
겨우
마음을
비웠는데.
상처 아물면
비운 것이니
칭송을
받으시게나.

점을
하나씩
일일이 찍어
모두
점이 되는 중이지.

세상은

빈 것이니

빈 것

그냥 허물이라네.

무관심

어제 퇴근 때
끄지 않은
라디오는
지금도
떠들고 있다.

어둠 속에서
아무것도
없는데
떠드는 게
엄청 힘들겠지.

수많은 귀신이
이유 몰라
헤매는
전장에선
삶이 죽음인데.

신문을 메우던
원자탄 크기
태풍에
무서운 미국인은
손도 못 쓰고.

이런 불행은
마지막이
아니니
그냥 두고
모른 체해야지.

낡은 송풍기도
이젠
끄지 않아
내내 돌다
깊은 잠들겠지.

무정부 도시

숨이 턱에 닿아
내일까지는
생각나지 않는
나날이
불편함만
늘어 가는
무정부 도시.

뒷길 세상엔
나잇살 먹은
할머니
노랑 싸가지의
경적소리
각다귀 소리가
숨을 막는다.

노점상 간판이
가로등을
막아 버리니
질식사 해 버린
한 뼘 남짓
나머지 땅에
봄비가 내린다.

신경질적이던
슈퍼 쥔도
눈웃음 치던
작부도
주차장 귀퉁이
영감도
이젠 조용하다.

백마를 타고

하늘 가장자리에

백마를

타고 가는 임이여!

태양이 있는 곳에

붉은 꽃은

그대 모른다 해도

타는 갈증으로

꽃잎만

날리고 있을 거라네.

백마의 날개는

어디로

가고 있을까?

여명이 소녀처럼
붉어지며
내린 빛줄기여!

이제 갈기 날리며
올 참이면
조금 기다리게나.

나이 어린 백마는
아직도
날지 못한다네.

새댁

새벽길에
밀짚모자를
담장에 걸고

떠오르는
아침 햇살이
마루 걸치면

올려보는
과수원마다
복사꽃 바다

흘러드는
맑은 향기에
가슴 젖는데

조석으로
서둘지 않는
고운 아낙이

늦은 아침
솔가리* 태워
밥을 짓는다

*솔가리: 소나무 잎이 말라 떨어진 낙엽

소라의 꿈

생살을
떼어 내어
비록
껍데기만 남아도
고동을
불어야겠다.

산 깊은 골짜기
너와 집
가난한
화전민에게도
간간한 소식
전해야겠다.

뼈만 남겨진
빈 껍데기
깊은

모래톱에

파묻혀

비명에 갈지라도.

내 삶의 고통

고동소리로

남기어

두고두고

허공에

날려야겠다.

쇠비름

머리가 무거워
밑으로만
기었는데
내킨 속내는
서면 죽는 것을.

벗어 둔 허물이
허름하니
하찮게
끊어지며
불사조가 되었소.

천형의 업보로
겨우 살아
남았소만
담가 달이니
천종이 되었구려.

이리 모질어도

살아 남은

신의 뜻

풍찬노숙*에

산 것도 복이오.

*풍찬노숙: 바람을 먹고 이슬에 잠잔다는 뜻으로, 객지에서 고생을 많이 겪음을 이르는 말.

신장개업

내버린 낡은 침대
튕겨져 나온
스프링도
치워 버리고
헤진 상보에
얼룩도
지워 버려야 한다.

부서진 나무 의자
지난 계절
찌꺼기도 버리고
가지 쪼인
붉은 태양도
이젠
끌어내려야 한다.

얼룩지는 거리의
전봇대
너저분한 줄
구겨진
담뱃갑에서
퇴락해
희미해지는 석양.

어둠이 짙어지며
장막으로
내리면
바쁘게 돌던
낡아 빠진 시계
내버릴
시간이 오고 있다.

아스팔트에서

전깃줄에 체포된
회색 도시
정밀하게
계산되어 내지른
여윳돈도
바닥이 나고.

잽싼 친구는
처음부터
내내
투덜거리다
미련 하나 없이
그냥 떠났다.

환락 파티에
소멸되는
욕망이란 이름

광기 어린
시샘만
피어나는 거리.

표정조차 없던
일꾼은
참지 못하고
내일 비울 의자를
벌써
내어놓았다.

원래 바다는

원래 바다는

짜디짠 소금물이

아니었겠지.

아무 느낌 없는

그냥 맹물 같은 것

낮은 곳으로 엎드려

구르고 섞여

나중까지

날아가지 못한 맹물,

그게

짠 바다가 되었겠지.

짜디짠

인생을 살다

늙은 사람의 영혼은

가벼워진

순수 그 자체로

양수처럼 편안히

하늘을 향해 오르고
이기적인 사람은
소금이 되어
유배지인
이 외로운 행성에
버려져 있겠지.
그러니
지구를 떠나는
순간이 곧
사람의 도리를 재는
눈금인 것이라
속죄하는 마음으로
형기를 마치고 출소하는
홀가분함이 있으니
경계선에 있어도
그 경계를 모른들
어떠하리.

베푼 마음은

늘 아름다운 것이니

남의 탓하지 마라

모든 것은

그대 안에 있고

그대 안을

벗어난 일이 없으니

마치 소금처럼

그대는

때를 모를 뿐이다.

꼬마 별

하늘 바다엔
온통 별
꼬마 별의 밤이다.

어둠 속에서 보았던
세상살이
이제 별 되어
무엇을 할 수 있는가
지켜보리라.

하늘 가에
밝은
꼬마 별 되어
단단히 지켜보리라.

유령 도시

도시는
기댈 곳 없는 허공,
열흘 간의
긴 침묵에도
발이 닿지 않는다.

아무리
늘여 보아도
발이 닿지 않는다.

칸을 나눈
허술한 판자
초승달 끝 움킨
어둔 막장의
소리들.

그렇게
한 가닥 한 가닥
영혼을 꼰다.

경계선 없는
한 켠에는
숨소리조차 죽인
허름하고
무거운 개찰구.

어둔 골목길로
줄 지어
들어서고 있다.

작은 화분

내 안에
화분 하나 있어
늘 꽃이 핀다.

앙증맞은
분홍 햇살 피는
수줍은 날.

추위 모른
창가 살았으니
기약 있으리.

시든 꽃도 많은데
내 안의 꽃은
질 줄도 몰라.

날마다
철없이 잎이 피고
꽃대 오르고.

늘 피어나니
미안한 듯
수줍게 피네.

족자

타닥거리던
태양이
족자 밑으로
숨어도
나루창문
한적하여라.

변함없이
시작을 모르는
365일 끝
맞잡은
누구도
아무 말 없어.

막내 데리고
떠날
늙은 노모는

인연마저
족자처럼
늘여 내리고.

눈물 훔치던
자식의
애틋한
한숨은
피멍 찍힌
족자에 내걸려.

풍경

하늘은
사흘 동안
내리 굶었고
이 차선 도로가
굽어진 지점에
고장 난
신호등이
걸려 있었다.

빌딩에 가려
동정을 주었는지
목화 눈은
화선지가 되고
그 위에
세모나게
그림을
그리고 있다.

헐렁하게 보이는
행인 서넛이
겨우
며칠 만에
햇빛 놀다 간
수선집을
두런거리며
지나갔다.

벙거지 모자가
뭉쳐 지났고
계란 장수도
지나갔다.
속 쓰린
환자처럼
찡그리며
지나갔다.

흐름

흐르면
묻지 않아도
새날이
어김없이 찾아오고.

그 이유
찾으려 하나
이미
찾을 수도 없어.

부질없는
욕심에
여독도
끊이지 않고.

시간도
기다릴

필요 없는
종점에 서니

가고 싶어도
그 끝은
먼 데
있었나 보다.

사랑하는 이여!
난
지금도
흐르는 중이지.